Jörn Heller · Statt Rotwein

Jörn Heller

Statt Rotwein

Gedichte zum Mitbringen oder Behalten

Mit acht Illustrationen

vom Autor

JHV

Erste Auflage 2018

Hundgasse 31, 57072 Siegen
Telefon: (02 71) 2 33 01 85

www.joernheller.com
joehel@gmx.de

Satz, Einbandgestaltung, Illustrationen: Jörn Heller
Druck: Vorländer GmbH & Co. KG, Siegen

ISBN 978-3-935555-13-5

I feel best in that little space

between a smile and a tear.

Toots Thielemans (1922–2016)

INHALT

I. WANDERGEDICHTE

Anfangslob

Ich mag den Anfang, wenn er grad beginnt,
den frühen Morgen, der sich noch besinnt,
mit leeren Gassen und mit Brötchenduft
und einem Hauch von Aufbruch in der Luft.

Ich mag den Anfang, der mich in Bewegung setzt,
den ersten Schritt, der Strecke noch und Route schätzt,
dem Ziel entgegen und ihm doch nicht allzu nah,
denn wenn ich angekommen bin, dann bin ich da ...

Wandergedicht

Schön ist: wandern,
zu mäandern
durch die Hügel
sonnewärts!
Daseinsheiter,
Wegbegleiter:
Rucksack, Flügel,
Wonneherz!

Lieder singen,
Blau verschlingen,
Himmelsluft
und Wäldergrün!
Atmen dürfen,
Winde schlürfen,
Gräserduft
und Wiesenblühn!

Alles reichlich,
unvergleichlich,
ungemindert:
Lebenslust!
Überwältigt,
vielverfältigt,
ungehindert:
Strebenslust!

Morgens in Florenz

Die Sonne macht sich noch zurecht
und kämmt sich ihre Strahlen,
sie tupft sich Wonne ins Geflecht,
um bald mit Gold zu prahlen.

Und während schon ihr helles Haar
die Kirchturmspitzen säumt,
wird *mir* in einer kleinen Bar
ein Kaffee aufgeschäumt.

Die Welt in neuem Licht gesehn,
das Leben, alt und ranzig,
frisch aufgebrüht, geschlürft im Stehn
und duftend für eins zwanzig!

Bruchsteinkirchlein

Eindrucksvoll, wie tief im Tale
würdevoll die Kathedrale,
wo ihr Bau im Kirchturm mündet,
streng und ernst die Wahrheit kündet,

selbstbewusst in jeder Lage,
mir jedoch ist ohne Frage
fern vom Glaubensgroßkaliber
jenes Bruchsteinkirchlein lieber,

das geduckt auf hohem Berg,
hochgeschossen wie ein Zwerg,
zwischen Häusern gut versteckt
stille Einkehr nur bezweckt,

dessen Glöckchen, wohlgefällig,
vorsichtig und niederschwellig,
rücksichtsvoll beim Töneschwingen,
auch bedeutend heller klingen!

Umbrisches Idyll

Katzen gähnen, Hunde bellen,
Käfer krabbeln durch den Staub,
Grillen zirpen, Echsen schnellen
raschelnd durch das welke Laub.

Bäume knarren, Wälder rauschen,
hier ein Hügel, dort ein Haus,
Winde wehen, Wolken tauschen
Sonnenlicht mit Schatten aus.

Kühe grasen, Pilger wandern,
alles geht so seinen Gang,
ruhig von einem Tag zum andern.
Warum nicht ein Leben lang?

Nervensäge

Bekanntlich ist der Wiedehopf
ein schönes Tier mit seinem Schopf,

das dem Pilger, waldverfluchend,
zähneknirschend Strecke suchend,

allerdings noch mehr gefällt,
wenn es seinen Schnabel hält!

Umbrischer Sonntag

Tag erwacht und Wiese reckt sich,
Sonne blinzelt und versteckt sich
gähnend hinter Wolkenkissen,
lichtscheu noch und traumbeflissen.

Noch im Anfang alles Tun,
in den Federn Mensch und Huhn.
Aus den Zweigen erste Lieder,
Hähne krähen hin und wieder.

Sonntagsselig und entspannt,
nur der Ruhe zugewandt,
spannt sich Stille überall
von Nachtigall zu Nachtigall.

Umbrisches Gebet

So wie noch der betagte Bauer
am Hügel seinen Garten hackt,
wie er mit ruhiger Kraft und Dauer
beständig seinen Spaten packt,

so lass auch mich, Herr, gern beackern,
mein kleines Feldchen, glaubensfest,
und wissen, dass nach allem Rackern
du Gutes darauf wachsen lässt!

Umbrische Rockmusik

Im Dorflokal ist Rockmusik,
wo sonst der Rentner gähnt,
zum Feiertag der Republik
kommt eine echte Band.

Damit man hört, was in ihr steckt,
wie cool sie ist und krass,
wird stundenlang der Sound gecheckt,
vom Schlagzeug bis zum Bass.

Ins Tal hinein erstreckt sich dumpf
der durchgecheckte Sound,
der Bass verzerrt, das Schlagzeug stumpf,
in Dolby mit Surround.

Und wenn sie nicht gestorben sind
wie viele andre Leute
und bald mit Checken fertig sind,
dann *spieln* sie auch noch heute!

Seltener Moment

Es ist ganz stille, nur die Erde spricht.
Kein Laut von dem, was *Mensch* hervorgebracht.
Du schaust der Schöpfung mitten ins Gesicht,
siehst ihre schlichte ungeschminkte Pracht,

siehst Waldbewohner in den Wiesen stehen,
gesittet und genügsam beim Verzehr,
hörst Winde freundlich durch die Bäume wehen,
Gefiedertes in ruhigem Flugverkehr,

spürst eingehüllt von leisem Blätterrauschen,
was schön, was gut, was in sich sinnvoll ist,
und rührst im Atmen, Schauen und im Lauschen
an das, was größer als du selber bist.

Reisen

Heimat suchend reisen wir,
*dort*hin, wo wir Wurzeln wähnen,
fahndend, wo wie Waisen wir
uns nach eignen Tiefen sehnen.

Nektar saugend in der Ferne,
kehren wir mit etwas Glück
nach der Suche schließlich gerne
fündig zu uns selbst zurück.

Wurzelnschlagen!

Schlag Wurzeln, wo du Heimat fühlst,
zieh nicht gleich weiter, ruhelos!
Erst wo du tief im Boden wühlst,
erschließt sich Fülle unterm Moos.

Du nimmst nicht Aufschwung, greifst nicht Raum
in Wäldern, die du blind durcheilst.
Es reift dein Kernholz, wächst dein Baum
am Ort, an dem du still verweilst.

Abendgruß

'Nabend, Abend, bist so friedlich,
was zu tun war, ist vollbracht!
Das Ergebnis: unterschiedlich,
dir egal, du nimmst es sacht!

Gütig singen deine Sänger
im Gebüsch und auf dem Haus.
Alle Schatten werden länger,
Menschen sehn wie Bäume aus.

Schön, dein letztes Licht zu säumen,
wünsch dir, Abend, gute Nacht!
Fang schon an, davon zu träumen,
was der Morgen morgen macht!

Morgengruß

Morgen, komm aus dem Verstecke!
Bist du noch nicht aufgewacht?
Überm Tal liegt noch die Decke,
wo bereits die Sonne lacht!

Werde dein Gewölk aufreißen,
bis darin mir Blau begegnet,
mich in deine Kissen schmeißen,
dass im Dorf es Flocken regnet!

Günstig scheint die Wetterlage,
musst nicht erst die Vögel fragen!
Zeit, dem angebrochnen Tage
endlich guten Tag zu sagen!

Wandersonett

Wie einsam auch, du wanderst nie alleine.
Dein Gestern wandert mit dir, ungefragt,
in seinem Rucksack manches, das dich plagt,
lähmt deinen Schritt und grätscht dir in die Beine.

Es stolpert mit dir über Stock und Steine.
Kann sein, dass es zum ersten Mal dir sagt,
was schon seit Langem heimlich an dir nagt.
Schweigt vieles in der Tiefe nur zum Scheine!

Seht zu, dass ihr in Tälern und in Schluchten,
statt allzu eifrig Marschgepäck zu wuchten,
verstärkt zum Himmel euer Haupt erhebt

und, unverzagt den Blick nach vorn gerichtet,
der Strecke und dem Augenblick verpflichtet,
euch bald zum nächsten Aussichtspunkt begebt!

Wanderempfehlung

Blick nicht zurück! Es ist vorbei,
auch, was du nicht verstehst.
Woher du kommst, ist einerlei,
doch nicht, wohin du gehst.

Sei Wandersmann, sei Wanderfrau
in unerforschtem Land,
nimm's Hinterdir nicht zu genau
und sei auf vorn gespannt!

Matschgedicht

Wenn du auf durchgeweichtem Feld,
genervt davon, dass Regen fällt,
mit Fluchen durch die Matsche stampfst
und mürrisch deine Kekse mampfst,

dann denk daran, wie schön es ist,
wenn du ans Ziel gekommen bist,
und endlich dann der ganze Matsch
vom Schuh dir fällt mit einem Platsch,

was dann zugleich ein Gleichnis ist
für das, was kommt zu seiner Frist,
obwohl beim Tod der Matsch der Welt
geräuschlos von der Seele fällt.

Wanderregel

Wissend um das Ziel der Reise
schweig von dem, was nicht vollbracht ist,
sieh, was dir sekundenweise
jetzt vom Wegrand zugedacht ist!

Wunderbar

Wunderbar, wenn all die Wiesen,
die so grau daniederliegen,
nach Verlauf der Winterkrisen
plötzlich grüne Gräser kriegen!

Wunderbar, wenn all die Weiden,
frei von Frost- und Schneebeschwerden,
sich erneut in Farbe kleiden
und statt älter jünger werden!

II. WOHLSTANDSGEDICHTE

Wohlstand

Der Mist daran: ist alles da,
rückt fern und kommt dir nicht mehr nah.
Ist alles Fakt und nichts mehr Traum,
du hast es, doch du spürst es kaum.

Ladenumbau

Wir bauen um, wir sind am Renovieren.
Nicht, weil es schäbig war, nein, einfach so.
War an der Zeit, was Neues zu probieren.
Man braucht Tapetenwechsel irgendwo.

Wir tun's für dich, den werten Konsumenten,
bevor du wunschlos in die Wälder fliehst,
für dich, den braven Wohlstandsabonnenten,
damit du wieder mal was andres siehst.

Schwerpunktverlagerung

Die Kirchen sind leer, man baut Kathedralen
in Länge mal Breite, streng diesseitsbetont,
man segnet das Land mit Discountarealen,
ästhetikbereinigt und jenseitsverschont,

bezieht seinen Trost nach erhaltenem Lohne
mit käuflichem Himmel in Marketingglanz,
singt „Ehre sei Gott in der Hochregalzone!“,
dem Herrn des erweiterten Warenbestands.

Wohlstandsgebet

Vater unser, irgendwo,
wie immer auch dein Name,
verschone uns mit deinem Reich
und christlicher Reklame.

Bewahre uns vor Insolvenz
und leiblichen Beschwerden,
komm willig unsern Wünschen nach,
wenn's geht, noch hier auf Erden.

Versorge uns mit Protein,
am besten mehrfach täglich,
und mach den andern ihre Schuld
und auch sie selbst erträglich.

Erhalt uns die Versuchungen
im Angebot des Marktes
und lass nicht allzu böse sein
die Folgen des Infarktes.

Verleih uns Kraft und Herrlichkeit,
das Unglück halt im Rahmen.
Das wär's auch schon. Es grüßt dein Mensch
mit besten Wünschen. Amen.

Monster Mensch

Monster Mensch, du frisst dich in die Wälder,
wo dann in großem Stil dein Fleisch entsteht
und jeden Tag ein Stückchen Leben geht.
Du musst es wissen, Mensch, sind *deine* Gelder.

Gedankenlos bestellst du deine Felder,
durch die der kalte Wind des Sterbens weht.
Doch wo sich alles ums Genießen dreht,
hörst du nicht gerne Katastrophenmelder.

Du futterst dich wie blöd durch deine Schnäppchen,
ein Döner dort und hier ein Heringshäppchen,
vielleicht ist grad mal Sushi wieder Mode.

Was billig ist, wird willig aufgetischt
und gern dabei ein Meer mal leer gefischt.
Mach weiter, Mensch, und friss die Welt zu Tode!

Sag nicht

Wenn plötzlich nach der letzten Frist
die Zeit für Spaß vergangen ist,
der Wald gehackt, das Meer entleert,
der Boden bleich und ausgezehrt,

die Welt geplündert und verroht,
der letzte Orang-Utan tot,
sag nicht erstaunt aus voller Brust,
du hättest nichts davon gewusst!

Adam, wo bist du?

Adam, wo bist du,
warum vergisst du,
ergebnisfixiert
und gewinnmaximiert,
das Herz deines Bruders,
dessen Güter du misst?

Adam, wo bist du,
warum nur hisst du
die Fahne des Krieges,
des sinnlosen Sieges
vorm Schmerz deines Bruders,
dessen Hüter du bist?

Verpeilt

Gefügig hängt der Mensch an seinem Tropf,
dem Blut das Gift der Ferne einzuspeisen,
er navigiert die Wirklichkeit per Knopf
auf krümmungsfreien virtuellen Gleisen,

übt Nächstenliebe tastaturenweise,
vom Unbequemen sorgsam appgeteilt,
der Mensch, der chronisch fort auf Bildschirmreise
das Unglück seines Nachbarn nicht mehr peilt.

Benutzungshinweis

Verwechsle Würfel nicht mit Kugeln,
nicht weite Welt mit www,
die Wahrheitssuche nicht mit Googeln,
Erkenntnisquelle mit PC,

Geteiltes nicht mit Facegebooktem,
gesehen nicht mit durchgezappt,
kapiert mit smartvoll Durchgekucktem,
nicht wesentlich mit whatsgeappt!

Links und rechts

Mag deine linke Hand beim Geben sich erfreuen
und deine rechte des Empfangens nicht gereuen.
Sei beiderlei Bewegung froh und überschwänglich
und beider Glück dem Griff des andern unzugänglich!

Hübsch gefragt

Ab und zu, von Scham gepackt,
ein paar Euros abgezwackt,
online am PC getätigt,
absetzbar, belegbestätigt.

Kleiner Beitrag fürs Gewissen,
danach weiter unbeflissen,
unbekümmert durch die Tage,
stirngerunzelt mit der Frage:

„Wie kann Gott, der nicht zu fassen,
in der Welt das Leid zulassen?"
Hübsch gefragt, du Spenden-Judas!
Gegenfrage: „Wie kannst *du* das?"

Irrtümliches

Verirrten sich Schafe,
taumelnd vom Schlafe,
mähen ihr Lied
im Verwirrtenchor.
Liegen Beschwerden
vonseiten der Herden,
wie's oft geschieht,
dem Hirten vor.

Weltveränderung

Die da oben brauchen länger,
handeln später, irgendwann.
Du, der Auf-Verändrung-Dränger,
wann fängst du hier unten an?

In der Welt des vollen Bauches
geht auch fern vom Hohen Haus
alle Macht des Endverbrauches
immer noch vom Volke aus!

Tropfenweise

Du redest dir ein, du seist allein
ein Tropfen nur auf heißem Stein,
hältst dich für klein, dein Herz für rein,
lässt weiter fünfe grade sein.

Und weißt doch, dass das große Meer
nichts ohne jeden Tropfen wär.
Gib acht, sieh hin und tu das Deine,
sei stetig, Tropf, und höhl die Steine!

Obergrenze

Schon klar, wir sehen es nicht gerne,
was kommt an Unglück aus der Ferne,
das niemanden so recht entzückt,
sobald es plötzlich näher rückt.

Viel schöner wär, es blieb beschränkt,
was uns im Wohlstand so bedrängt.
Doch bleibt, was stört und wenig glänzt,
nach oben leider unbegrenzt.

Sakkoperspektive

Sakkos, die von runden Tischen
Wähler anstatt Menschen fischen,
ziehen gern nach Konferenzen
komfortable Konsequenzen.

Wahrheit, national betrachtet,
zahlen- und nicht notbefrachtet,
fällt im Saal nur halb so schwer
wie vor Ort im offnen Meer.

Victor's Secret

Nächsten Samstag macht sich Victor
heimlich ein paar Träume wahr,
schert die Beine, kommt sich schick vor
mit Toupet und offnem Haar,

trinkt ein Bier mit Gurkenstücken,
isst Salat mit Kräuterdip,
schraubt sich Flügel auf den Rücken
und schaut fern im Herrenslip.

Pressefreiheit

Zu berichten, wenn bei Trutschen
wirkungsvoll der Busen blitzt,
irgendwo beim Promiknutschen
am Gesäß ein Flusen sitzt,

zeigen, wenn die Stil-Ikone
shoppen geht mit Achselschweiß,
Brüste knipsen, Silikone,
Dekolleté- und Schlüpferscheiß.

Nonnenlob

Ihr lasst euch nicht zu immer mehr verpflichten,
euch juckt kein Geld der Welt und auch kein Gold.
Ihr spielt nicht mit, wo stets der Rubel rollt,
und könnt auf Ruhm und Ehre gut verzichten.

Ihr wollt nur eure Arbeit still verrichten
und habt gelernt zu dienen, wo ihr sollt,
nicht nur nach dem zu streben, was ihr wollt.
Euch ist geglückt, im Spreu das Korn zu sichten.

Statt dummen Sprüchen und den hohlen Phrasen,
die wir so gerne durch die Gegend blasen,
dringt lieber Lobgesang aus eurer Kehle.

Seid ihr der Welt auch manchmal etwas fremd,
ihr wisst, sie nimmt nichts mit im letzten Hemd
als nur ein bisschen Mensch und etwas Seele.

III. WITZGEDICHTE

WLAN-Liebe

Ich hatte mit den Frauen
nie sonderlich viel Glück.
Es blieb beim Erst-mal-Schauen
und kam nicht viel zurück.

Doch glücken mir Avancen
seit Kurzem nicht zu knapp
und stiegen meine Chancen,
seitdem ich WLAN hab!

Nun sitzt auf meinem Sofa
die Schönste aller Feen.
(Ich hätt auf meinem Mofa
sie lieber noch gesehn.)

Dort starrt sie oft ins Leere,
auch wenn ich vor ihr steh,
und wenn ich sie begehre,
dann rührt sie kurz im Tee

und sagt mit süßem Sehnsuchtsblick
und ausgestreckter Hand,
verträumt nach leisem Einschaltklick
dem Smartphone zugewandt:

„Ach, sei so lieb, mein Guter,
und zeig, du bist ein Mann:
Lass mich an deinen Router
und an dein WLAN ran!"

Meist wird es dann gemütlich,
ja, lebhaft irgendwann,
weil endlich sie minütlich
die Apps abrufen kann.

Mag sein, sie ist nicht erste Wahl,
doch wenn sie mich besucht,
hab ich das Glück zumindest mal
als Teilzeitkraft gebucht.

Das Schönste ist: Sie ist mir treu
und auch nur mäßig fade,
solang ich ihren Akku neu
mit Wechselstrom auflade.

Ich weiß, kein Mensch ist unentwegt
die ganze Zeit verliebt,
was sich noch sehr viel schneller legt,
seitdem es WLAN gibt.

Wir lieben uns auf unsre Art
beim stummen Zeitvertreiben,
und ich in ihrer Gegenwart
kann weiter Single bleiben.

Ist, was ich sag, meist Schall und Rauch
und keine so wie sie.
Und das liegt wohl vermutlich auch
am WLAN irgendwie.

Luthers Halloween

Als der müde Martin Luther
damals eine Auszeit nahm
und statt froh zu seiner Mutter
outgeburnt nach Österreich kam,

sah er, als mit müden Haxen
endlich er die Hauptstadt fand,
dass der Ösi ihn als Sachsen
nicht einmal beim Gruß verstand.

Und so grüßte er die Hauptstadt
polyglott vorm Weiterziehn,
was bei Gott nicht *jeder* glaubt, statt
„Güden Daach!“ mit „Hello Wien!“

Mumienplausch

„Stehn dir gut, die morschen Knochen!
Hast du etwa abgenommen?“
„Kaum, doch ist schon seit Epochen
kein Gramm Fett dazugekommen!“

„Auch dein Zahn ist noch zu sehen
und dein Haar noch kaum ergraut!“
„Freut mich, doch ich muss gestehen:
Sorgen macht mir meine Haut!“

„Unsinn, hast davon doch reichlich,
nimm das Alter nicht zu schwer!
Hautausfall ist unausweichlich,
bist halt keine tausend mehr!“

Kirchengeschichtliches

Franziskus, auf Verzicht bedacht,
verfügte Armut auch bei Nacht.
So herrschte die Devise bald:
„Geschlafen wird im Felsenspalt!“

Doch hat im Orden sich zuletzt
die Regel dann nicht durchgesetzt,
weil nicht nur Franz an dieser Statt
so grottenschlecht geschlafen hat.

Lieblingsgericht

Das Lieblingsgericht
der Beanstandungsgruppe
mit Vorspeisenpflicht
ist die Buchstabensuppe.

Weil gleich in der Kelle
sofort jedermann
bequem auf die Schnelle
ein H finden kann.

Kuhgedicht

Die Hai-Kuh hat Gedichte gern
und kann dazu schön malen.
Der Sudo-Kuh liegt solches fern,
sie hat es mehr mit Zahlen.

Die I-Kuh soll die Schlauste sein
und gibt die beste Butter.
Ihr Euter ist durch Kuh-Tipps rein,
wie auch schon das der Mutter.

Sinnlos

Wenn Meisen reisen, Finken stinken,
Affen auf Giraffen gaffen,
Echsen hexen, Hummeln schummeln,
Hasen durch die Nasen blasen,

Grillen stillen, Schwalben kalben,
Ziegen grade Biegen fliegen,
ist es sinnlos, sich mit Reimen
bei den Tieren einzuschleimen.

Schöner Wohnen

Wo im Halbschlaf Hochfrequenzen
scharf am Ohr vorüberziehn,
Träume jäh vor Mückentänzen
aufgeschreckt ins Wachsein fliehn,

hat man, wenn man zur Machete
seiner eignen Socke greift,
nach dem Aufstehn die Tapete
lustig längs- und quergestreift!

Kurzdrama

Es schmatzen
die Katzen,
der Vogel
war gut.
Die Spatzen,
sie platzen,
vermutlich
vor Wut.

Petersmöwe

Die Möwe auf dem Petersdom,
sie kann es nicht verstehn!
Warum zieht alle Welt nach Rom,
um Steine anzusehn?

Egal, wohin man grade fliegt,
es wird dort renoviert
und, wo ein kleiner Klotz rumliegt,
der Rest rekonstruiert.

Was alle daran loben,
kapiert die Möwe nicht,
bekam sie doch von oben
schon andres zu Gesicht!

Zum Beispiel die Abruzzen,
wenn alles Blüten kriegt,
wo nach dem Flügelputzen
sie gern durch Täler fliegt,

wo schwerelos an höchstem Ort
sie übers Grün sich schwingt,
um sich zu freun, wie schön von dort
die Stille wieder klingt!

Schneckenhausputz

Während sonst die Weinbergschnecken
selbst im Haus den Schleim ablecken,
greift man bei Spontanbesuch
zum Schneckentempotaschentuch.

Gummilerchen

Auch die feinen Haubenlerchen
essen gerne Gummibärchen
und verzehren in der Gruppe
sie als Haribohnensuppe.

Dieter

Ein Weberknecht mit Namen Dieter
lebte karg und freudenlos
kostenfrei als Untermieter
im Bereich des Gästeklos.

Abgewandt von Alltagspflichten
sah man ihn in Kachelritzen
öfter beim Geschäftverrichten
regungslos am Boden sitzen,

wartend auf die große Beute,
die ihm – und das war ihm klar –
weil er die Bewegung scheute,
nicht so recht beschieden war.

Eines Tages stellte Dieter,
gegenwärtig seiner Lage,
als des Glückes Hauptgebieter
seinen Lebensstil in Frage.

Und so nahm er seine Beine,
die er zahlreich an sich fand,
wohlbegründet, wie ich meine,
endlich in die eigne Hand.

Unterstützt durch Wohlgerüche
zog er ein paar Räume weiter,
wo er seitdem in der Küche
besser lebt, dazu noch heiter!

Zwei Hunde

Ein launischer Hund namens Steffen
verbringt seine Tage mit Kläffen.
Das ist auch der Grund,
warum diesen Hund
die meisten nicht allzu gern treffen.

Ein praktischer Pudel aus Meißen
war's leid, nur zu knurren und beißen.
Und nun schwebt ihm vor
ein Vierbeinerchor,
der soll mal „Bellissimo“ heißen!

Aussichtslos

Ein schüchternes Rebhuhn aus Polen,
das schwärmt schon seit Jahren verstohlen
vom Lebkuchenmann,
doch der denkt nicht daran,
sie als Lebhuhn nach Nürnberg zu holen.

Schweizer Schnuppengedicht

Die Sternschnuppe
    ist *gern* Schnuppe,
sofern sie am Himmel agiert.
Nicht *ganz* so gern ist sie
    in Bern Schnuppe,
weil hier sich ihr Licht leicht verliert.

Gewöhnt daran ist die
    Luzern-Schnuppe,
die *dort* noch Beleuchtung studiert.
Sie gibt sich zufrieden
    als Lernschnuppe,
so *lang*, bis ihr Schweif funktioniert.

IV. WEHGEDICHTE

Mal wieder

Heute war das Glas mal wieder
mehr zur Hälfte leer als voll
und der ganze Spaß mal wieder
nicht so lustig, wie er soll.

Schön ist, wenn beim Spaß mal wieder
irgendwann die Stimmung kippt,
und man dann beim Glas mal wieder
weniger am Leeren nippt.

Jedes Mal

Ich weiß nicht, was du in mir auslöst
jedes Mal.
Ich weiß nicht, was du in mir umstößt
Qual für Qual.

Mein altes Ich, von dir hinweggeweht
Tag für Tag,
wo sich mein Herz von Neuem um dich dreht
Schlag für Schlag.

Ein Gruß von dir

Ein Gruß von dir, beherrscht und karg,
dringt mir noch immer bis ins Mark.
Ich wähn darin Gefühl im Zaum
wie Räuber hinter jedem Baum.

Ein Gruß von dir, ich les darin,
was ich gern wär und doch nicht bin,
such zwischen Zeilen unentwegt
den Ort, an dem dein Herz mir schlägt.

Wenn du

Wenn du, was du sagen möchtest,
weniger in Zwischenzeilen,
bitte doch so freundlich wärest,
mir im *Haupttext* mitzuteilen,

wüsst ich schneller, was der Fall ist
bei dem Menschen, der mir nah steht,
müsst ich weniger erraten
und nicht lesen, was nicht da steht.

Wenn du, was du meinst zu fühlen,
bitte noch genauer fühltest
und bei dem, was du hervorbringst,
nicht in Unbewusstem wühltest,

könntest du mit festen Schritten
*selbst*bewusst durchs Leben wandeln
und vor deinem Gegenüber
weniger in Rätseln handeln.

Dolmetscherkündigung

Warum sagst du mir ständig,
was *nicht* so gemeint ist,
statt Worte im Maßstab
eins zu eins?
Weil das Wort dein Versteck
und die Wahrheit dein Feind ist
und Gradeheraus
wohl einfach nicht deins.

Drum werd ich es lassen,
den Sinn zu erfassen
der fremden Vokabeln,
die du mir nennst.
Mir wird nicht gelingen,
deinen Text zu durchdringen,
dessen tiefe Bedeutung
du selber nicht kennst.

Sicherheitsvorkehrungen

Lehn ab, was du liebst,
und es wird dich nicht frustrieren,
lauf weg vor der Nähe,
und du wirst dich nicht verlieren!

Hüte dich vorm Feuer
und zieh es vor zu frieren,
meide, was du suchst,
und es wird dir nichts passieren!

Dir

Dir, die du zum x-ten Mal
versonnen durch mein Fenster lugst
und zu meiner Seelenqual
zerronnen durch den Hausflur spukst,

dir, der längst schon Totgeglaubten,
die zum Lebewesen wird,
das von mir, dem Schlafberaubten,
nie ein Büchlein lesen wird.

Herstellerhinweis

In Anbetracht verstärkten Schwindens
unerlässlichen Empfindens

wird sofort, ab morgen schon,
die Liebeslyrikproduktion

vorerst vom Romanzenheld
bis auf Weiteres eingestellt.

Requiem!

Was du in dir zu Grabe trugst,
das lass in Frieden ruhn!
Verschließ den Spalt, durch den du lugst
auf lang vergangnes Tun!

Bedaure nicht, was nicht mehr wird,
die Übel, die dich trafen!
Betraure schlicht, was sich verliert,
und lass, was tot ist, schlafen!

Herbstlaub

Es war einmal. Hing Ast um Ast
des Sommers voller Träume,
ein jedes Blatt unhörbar fast
im Rauschkonzert der Bäume.

Es war einmal. Liegt Traum um Traum
als Laub dir nun zu Füßen,
um raschelnd dich vom Wegessaum
ein letztes Mal zu grüßen.

Herbsttrost

Schön zu sehn, dass, wo Geschichte
atemlos Vergängnis haucht,
doch der Herbst mit seinem Lichte
Blätterfall in Gold eintaucht,

wo es unter welken Träumen
in dir wund und narbig ist,
doch der Herbst mit seinen Bäumen
noch im Abschied farbig ist!

Fünfzig

Das Schlimmste liegt jetzt hinter dir,
so hoffst du jedenfalls,
lebst mehr im Jetzt und mehr im Hier,
mit Falten bald am Hals.

Du tust, als seist du jung wie nie,
und kriegst dann Komplimente,
fühlst dich wie dreißig irgendwie
und hörst bereits von Rente.

Du hattest Pech, du hattest Glück,
kennst Achtung und kennst Kränkung,
reimst dich zusammen Stück für Stück,
mit Hebung und mit Senkung,

lebst vom Gewordenen verstärkt
und siehst dabei verwundert:
Es ging vorüber unbemerkt
zur Hälfte ein Jahrhundert!

Wie viel vom Leben bleibt dir noch,
das wie die Zeit verfliegt?
So grübelst du und freust dich doch,
auf das, was vor dir liegt.

Vegetarierklage

Der Fleischkonsum liegt irgendwo
am niedrigen Salatniveau,
das Fleischeslüste *so* lang weckt,
wie Grünzeug so beschissen schmeckt,

solang man dir im Stammlokal
beständig nach der Qual der Wahl
geschreddert und dann schlecht dressiert
nur Billigrohkost präsentiert:

ein wässrig-buntes Allerlei,
Saisonkompost an Joghurtbrei,
das noch am besten der bestellt,
der fleischlos sonst vom Fleische fällt.

Doch Otto beim Normalverbrauch
zieht weiter Schinken vor dem Lauch.
Er stopft aus bloßer Not und Pein
auch weiter Tiere in sich rein.

Störfaktor

Mich stört schon jetzt, dass mit dem Tod
ein Abgang mir als Stümper droht,
und wenn die Welt mich einst verliert,
mein Italienisch schlimm sein wird!

Mir fehlen bis zum Sterben
noch jede Menge Verben,
die ich zum Glück nach meinem Schluss
auch nicht mehr konjugieren muss.

Rentnerschwäche

Schlimm ist, wenn zum Zeitvertreiben
Rentner böse Briefe schreiben
und aus ihren finstern Winkeln
allen vor die Bäume pinkeln.

Schlimm ist, wenn in Wut-Ekstase
die geschwächte Rentnerblase,
dadurch, dass man sich beschwert hat,
sich so ungebremst entleert hat.

Unrat

Guter Rat ist teuer,
schlechten gibt's geschenkt:
Jeder sagt dir kostenfrei,
was er grad so denkt.

Unverlangt und ungehindert,
überreich und satt,
kommt der Unrat meist von dem,
der keine Ahnung hat.

Schlimmericks

Die Rechten verwenden als Futter
gern intoleranzige Butter
und legen zuhauf
sich Blutwurst darauf.
Das schmeckt so wie damals bei Mutter.

Sie schwärmen in braunen Parolen
vom Reich ohne Türken und Polen,
weil's Opa erträumt hat
und Mama versäumt hat,
den Kindern den Arsch zu versohlen.

Kirchenschicksal

Ein Kirchlein am Fuß der Abruzzen
verfiel durch verminderten Nutzen,
weil niemand mehr checkte,
was dort man bezweckte
mit Läuten und Silberkelchputzen.

Am Kamin

Sitz am Kamin und schaue in die Glut,
die unscheinbar noch schwach im Stamme glimmt
und Aufschwung bald zur hohen Flamme nimmt,
das Holz umrauscht als lodernd-helle Flut.

Sitz am Kamin und seh mit ruhigem Blut
die Flamme, wie sie, eben noch gedimmt,
entschlossen nun das nächste Scheit erklimmt,
mit Leidenschaft und ungestauter Wut.

Sitz am Kamin, um still an *nichts* zu denken,
um staunend in die Glut mich zu versenken,
die schweigend das verzehrt, was in mir lärmt,

die leisen Kräfte tief in mir zu spüren,
die knisternd mit mir Zwiegespräche führen
durchs Feuer, das mich tröstet und mich wärmt.

V. WERKSTATTGEDICHTE

Morgengedicht

Der Morgen malt ins Küchenfenster
ein Schattenbild vom Apfelbaum,
streicht aus dem Vorhang Nachtgespenster,
den letzten Rest vom letzten Traum,

bringt zu Papier gardinenweise,
wo Hell noch schwach mit Dunkel ringt,
den neuen Tag, den er ganz leise
mit jedem Blatt zum Leben bringt.

Herr, sei mir Licht an meinem Saum,
wie spärlich auch mein Blattwerk sei!
Du bist mein Morgen, ich dein Baum,
ein Tuch auf deiner Staffelei!

Trnkas Kunst

Das zu sehen, was nicht da ist,
so, als ob es möglich wäre.
Abzubilden, was noch wahr ist
außerhalb der Alltagssphäre.

Wirklichkeit mit Farbe füllen,
aufgeweckte Kindheitsträume.
Traurigkeit in Schönheit hüllen,
ausgemalte Lebensräume.

Leichtigkeit in jeder Regung,
überwundne Apathie.
Dasein fließend, in Bewegung,
Anmut, Sanftheit, Poesie.

Tiefsinn hinter dem Banalen,
fern von Pomp und Firlefanz.
Hoffnungsschimmer im Fatalen,
Formenspiel und Puppentanz.

Suchend, findend, tastend, greifend,
schaffend unerschütterlich,
kühn dem Werk entgegenreifend,
klar in jedem Pinselstrich.

Brueghels Hund

Im Gemälde, kleinformatig,
wohnt bescheiden, brav und artig,
kleiner Fleck auf dunklem Grund:
Brueghels Hund.

Während andere Gestalten
bis zur Decke sich entfalten,
starrt man sich die Augen wund
nach Brueghels Hund.

Nebenan im Nachbarsaal
hängt Rubens rum in großer Zahl
„Viel zu riesig, viel zu bunt!",
meint Brueghels Hund.

Mancher mag, wie aus dem Bild
ihm das Fleisch entgegenquillt,
rosig, drall und kugelrund –
nicht Brueghels Hund!

Leicht verschnupft und auch gekränkt,
wenn er an Ästhetik denkt,
doch ansonsten kerngesund
ist Brueghels Hund.

Unterhalb der alten Mühle,
gleich beim Hafen im Gewühle
stößt man, meist als Zufallsfund,
auf Brueghels Hund.

Und wer einmal dort entdeckt,
wo er sich im Boot versteckt,
steht erstaunt mit offnem Mund
vor Brueghels Hund!

Ich weiß

Ich weiß, Gereimtes ist ein alter Zopf,
ich weiß, man könnte auch Tucholsky lesen.
Ich weiß, mir winkt damit kein Blumentopf,
ist, wie ich schreib, schon einmal dagewesen.

Ich weiß, mir ist kein Lyrikpreis beschieden,
kein Fördermittel, kein Stipendium.
Doch bin ich schon mit weniger zufrieden,
was ich nicht krieg, das bringt mich noch nicht um.

Ich bin zufrieden, wenn ein stilles Wesen
mit mir gedanklich ein paar Schritte geht
und so wie damals schon beim ersten Lesen
das, was ich sagen will, *sofort* versteht.

Ich freu mich, wenn der andre oder eine
für ein paar Zeilen in Minutenfrist
nach alter Mode mitfühlt, was ich meine,
und mit mir traurig, wütend oder fröhlich ist.

Retro

Bin für progressiv zu blöde,
Preisgekröntes ist nicht meins,
bin für Freakiges zu spröde,
ist nicht tragisch – jedem seins!

Lasse mich nicht gern verstören,
lese Kästner in der Metro,
bin mit Schönem zu betören,
kann's nicht ändern – bin halt retro!

Antiquitätencoolness

Was kümmert es den Eichenschrank
von sechzehnhundertzehn,
mal wieder ein paar Jahre lang
im Keller rumzustehn?

Es kommt die Zeit, wenn wie schon oft
die neusten Trends vorbei sind
und dem Verbraucher unverhofft
die Moden einerlei sind,

dann steht der Schrank im besten Raum,
wo jedem er im Blick ist,
und freut sich, dass als Möbeltraum
er wieder einmal schick ist.

Verlagsbescheid

Lyrik läuft nicht, bringt nichts ein,
Leserschaft ist viel zu klein.
Dennoch stellt die Druckabsage
deine Leistung nicht in Frage.

Sind wir auch nicht sehr spendabel,
deine Verse sind passabel,
die jedoch, was wir bedauern,
hier nur im Regal versauern.

Dennoch: Bleibe guten Mutes,
was Du dichtest, hat sein Gutes!
Fahre fort und schreib ein Liedchen
zum Geburtstag Tante Friedchen!

Leserstimmen

Der eine mag's, der andre motzt,
der eine schwärmt, der andre kotzt.
Lobt dieser laut und ungestüm,
schmäht jener still und anonym.

Egal, ob's gut ist oder schlecht,
man weiß, man macht's nicht jedem recht.
Sobald man sich nach draußen wagt,
kriegt man geschmeichelt und geklagt.

So ist das nun mal mit dem Schreiben.
Man tut es oder lässt es bleiben
und kümmert sich um andre Sachen,
was allerdings schon viele machen.

Randnotiz

Randnotiz für alle Doofen:
Jede Doofheit kann auf Erden
mühelos in Form von Strophen
gegen Sie verwendet werden.

Die mit blöden Kommentaren
sinnlos ihre Zeit verschwenden,
kann man nicht davor bewahren,
schmachvoll im Gedicht zu enden.

Reimgrund

Warum sich meine Verse reimen?
Weil überall so viele Sachen
im Lärm der Welt und im Geheimen
der eignen Brust es *gar* nicht machen.

Ich freu mich, wenn beim Geistverweilen
die Dinge passen, ungefähr,
und tu so, wenn auch nur für Zeilen,
als ob die Welt in Ordnung wär.

Jazzgrund

Weil diese Melodie auch anders
klingen könnte,
weil ins Gewohnte Ungewohntes
dringen könnte,
weil das Erstarrte plötzlich wieder
schwingen könnte
und man noch einmal *neu* das Leben
singen könnte.

Poesiealbum

Ein paar Worte, noch mit Muße
sorgsam zu Papier gebracht,
handschriftlich mit kurzem Gruße
dir samt Glanzbild zugedacht,

ausgesprochen still und leise,
nachzulesen Blatt für Blatt,
Wünsche für die Lebensreise,
die man längst begonnen hat.

VI. WEIHNACHTSGEDICHTE

Im Wichtelwald

Im Wichtelwald zur Weihnachtszeit
durchdringt die kalte Luft
ein Nebelschleier weit und breit
mit wunderlichem Duft.

Und hat man unterm Sternenzelt
denselben erst errochen,
dann hat sich grad die Zwergenwelt
vom Glühwein frisch erbrochen.

Wie dampft es traulich aus dem Schnee,
umspielt von weißen Flöckchen,
das punschgewärmte Frikassee
mit tausend bunten Bröckchen!

Und wenn es danach friert ganz sacht,
sieht auf dem Rest vom Saufen
man später in der Vollmondnacht
die Elfen Schlittschuh laufen!

Weihnachtsmarkt

Wir klammern uns an glühweinheiße Becher
und tragen rote Mützen auf dem Kopf,
beglücken uns als Feierabend-Zecher
aus dampfend-nassem Party-Laune-Topf,

zerstreuen uns mit Witzen, die nicht wärmen,
und schreien uns durch Après-Ski-Musik,
erholen uns im selbstgemachten Lärmen
vom frei gewählten Konsumenten-Krieg.

Wir frönen laut den längst vergangnen Wintern,
die es so recht schon lange nicht mehr gibt,
von denen sich vorbei an unsern Hintern
ein Rest als Fahne durch das Rudel schiebt.

Weihnachtsfriede

Wenn auch erzwungen familiär,
geschmacklos, künstlich, ordinär,
wenn auch vorerst nur sippenhaft
statt aller Welt mit voller Kraft,

wenn auch vielleicht nur festtagsstreifend
und noch nicht jahresübergreifend,
wenn auch nur nostalgiegerührt,
konsumverseucht und kaufverführt,

noch schlecht gemacht und kaum durchdacht
in o du fröhlich-stiller Nacht,
vom Kind, das in der Krippe lacht,
doch spürbar auf den Weg gebracht!

Weihnachtsabmachung

Herr, wenn es dient zu deinem Frieden,
der allen widerfahren soll,
dem Licht, der ganzen Welt beschieden,
kaum sichtbar, doch verheißungsvoll,

dann will ich unter deinem Stern,
bedürftig wie dein Kindlein klein,
in deinem Stall getrost und gern
dein Ochse und dein Esel sein!

Weihnachtsbitte

Lass deine Engel, Herr, in unsre
    kalten Felder dringen,
wo hinter Hürden unsre Schäfchen
    wir ins Trockne bringen,
lass vor den lärmverstopften Ohren
    laut vom Frieden singen
und es bezwingend wie ein leises
    Kinderlied erklingen!

Schöne Bescherung

Schlimm ist, was geschenkt zu kriegen,
wo man sich nichts schenken wollte,
und man selber nichts gekauft hat,
was man schließlich auch nicht sollte,

wenn man nichts gebrauchen kann
von dem, was einem nun beschert ist,
und das „Danke“, das man rausbringt,
nicht im gleichen Gegenwert ist.

Weihnachtserinnerung

Vergesst nicht ganz, dass hinterm Glanz
der Kugeln und der Kerzen,
dem liebgewordnen Firlefanz
der Häuser und der Herzen,

dass ferne von Lamettapracht
mit kindlichem Gemüte
Gott selber uns entgegenlacht
in menschgewordner Güte!

Ganz einfach

Kein Extremist, kein Pazifist,
kein Aktionist, kein Konformist,
kein Sozialist, kein Humanist,
kein Populist, kein Moralist,

kein Lobbyist, kein Kommunist,
kein Islamist, kein Superchrist.
Es heißt, dass Gott (als Realist)
ganz einfach Mensch geworden ist.

Adventswunsch

Auf dass wir gehn, um anzukommen,
wohin es sehnsuchtsvoll uns treibt,
das helle Licht, beim Wort genommen,
uns tief erfüllt mit dem, was bleibt,

dass auf den Wegen, die wir gehen,
für unsern Gang die Route stimmt,
und der, dem wir entgegensehen,
in unsern Herzen Wohnung nimmt.

Zwei Sterne

Ein kleiner und ein großer Stern
im Fenster von zwei Gauben,
die hatten sich seit Jahren gern,
so wie zwei Turteltauben.

Man sah sie oft von nah und fern
im Weihnachtsmarktgedränge.
Es leuchtete ihr Leuchtstoffkern
auf einer Wellenlänge.

Doch weil die Gaubenzwischenwand
sich weigerte zu wandern,
so *träumte* hinterm Nischenrand
der eine nur vom andern.

Und so geschah es Jahr für Jahr:
Sie sahn einander nicht
und gaben dennoch hell und klar
ganz unverdrossen Licht.

VII. WEITERE GEDICHTE

Spitzentag!

Heut mal: froh,
einfach so,
supergutgelaunt!
Ein Stück Leben
neu soeben
unverhofft bestaunt!

Ungebrochen,
Kraft im Knochen,
alles fängt gut an!
Wie man's mag:
Spitzentag
mit allem Drum und Dran!

Bauernweisheit

Wer sich zu sehr beim Morgengraun
am Regenwetter stört,
riskiert, dass er am Gartenzaun
die Amsel überhört.

Lebensregel

Wie sich nach finstrem Nachtgeschwärm
der Tag erfüllt mit Vogellärm,
so sei bei dir ein Leben lang
dein erstes Tun ein Lobgesang!

Notwendigkeiten

Es braucht das Stolpern,
um zu gehn,
es braucht den Irrtum
zum Verstehn,

den falschen Weg,
um umzudrehn,
sich selbst im rechten
Licht zu sehn.

Besser

Besser ist es, in Gedanken
von der Route abzuweichen,
als geführt von sicheren Schranken
schnell den Zielpunkt zu erreichen.

Besser ist es, wenn verschwommen
Weg und Ziel mal *eines* ist,
als schon bald ans Ziel zu kommen,
welches gar nicht *deines* ist.

Tu, was dir Spaß macht!

Tu, was dir Spaß macht,
doch bitte genau!
Was flüchtig daherkommt,
schmeckt irgendwann flau!

Such nach der Freude,
die tief in dir brennt!
Sie ist der Kompass,
ist Pflicht und Talent!

Nicht alles!

Lass nicht alles
so dicht an dich ran!
Zieh dir nicht jedermanns
Stiefel gleich an!

Stell dich gelassen
gegen den Wind!
Probleme gibt es,
die deine nicht sind!

Apfelgedicht

So'n Apfel ist 'ne runde Sache,
vermutlich wegen seiner Form.
Doch nicht erst, wenn ich Mus draus mache,
scheint mir sein Nutzen ganz enorm.

Schon wenn ich krachend in ihn beiß
und mir das Ding ins Auge spritzt,
bin ich vergnügt, weil ich dann weiß,
worin der Saft des Lebens sitzt.

Es heißt, ein Apfel sei pro Tag
geeignet, Ärger fernzuhalten.
(Wer lieber Schokolade mag,
sieht hier sich bald die Geister spalten.)

Ich glaub es gern und nicht nur dann,
solang ich Äpfel beißen kann,
weil ich auch zahnlos irgendwann
auf Deppen damit schmeißen kann.

Neiderbelehrung

Sei nicht wütend, lieber Neider,
und nicht allzu sehr frustriert:
selbst der Teilerfolg ist leider
niederlagenfinanziert!

Ehe schließlich unausweichlich
irgendwann das Gute siegt,
hat der Hans im Glück schon reichlich
andres vor den Bug gekriegt.

Fraglich ist es, wenn du grollend
nur aufs Endergebnis stierst
und behaglich, ewig schmollend,
nichts von dem davor riskierst.

Der kleine Kranich

War einmal ein kleiner Kranich,
träumend und gedankenschwer.
Leicht verträdelt, etwas tranig
flog er allen hinterher.

Eines Tages sprach der Kranich:
„Warum flieg ich durch die Welt,
wenn beim Flug mir doch so gar nich
Schnelligkeit und Ziel gefällt?"

Seitdem fliegt der kleine Kranich
nicht mehr so, wie jeder fliegt,
konsequent, auch hie und da nich,
einfach, weil es ihm nicht liegt.

Schmetterlingsirrtum

Schmetterling wundert sich,
kommt nicht vom Fleck,
breitet die Flügel aus –
ganz ohne Zweck!

Längst schon erwachsen,
vergaß er beim Reifen,
die Reste der Raupe
vom Körper zu streifen,

glaubt, wenn er selbst
seine Spannbreite misst,
nicht, dass er fertiger
Schmetterling ist.

Glücksdiät

Was soll das Trachten nach Salat
und alles Eiweißstreben?
Bedenkt, das arme Kohlenhydrat
muss auch von etwas leben!

Esst nicht zu viel von eurem Lauch
und werdet *glücklich* alt,
stellt Nudeln sicher für den Bauch
und euren Sixpack kalt!

Geistliche Übungen

Sich beim Reden kürzer fassen,
nicht so Tolles gut sein lassen.
Gnädig Fehler übersehn,
gern in Schlangen hinten stehn.

Öfter denken Dein statt Mein,
fröhlich Wettkampfzweiter sein.
Auch bei Frust mit Lust und Lachen
andrer Leben leichter machen.

Frag, wen du willst!

Frag, wen du willst, gelegentlich!
Ein jeder *redet* gern von sich.
Auch der Verstummte freut sich still,
wenn man von ihm was wissen will.

Gibt keinen, der nicht gern erzählt,
das, was ihn freut, das, was ihn quält.
Was er auch sagt, er sagt dir doch:
Er hat gelebt und *tut* es noch!

Kann sein, du weckst im Sorgenkleister
schon tot geglaubte Lebensgeister
und fragst dabei mit etwas Glück
ins Glück des Daseins sie zurück!

Hilfsgesuch

Bewahr mich, Herr, vorm Haarespalten
und vor Erbsenzählerei,
lehr mich einfach: Klappe halten,
mach mich vom Bewerten frei!

Hilf mir, nicht zu hoch zu traben,
halt mich kurz, wenn nötig klein,
hilf, nicht ständig Recht zu haben,
zuzuhörn und still zu sein!

Lieblingskneipe

Da sitzte rum und denkst an gar nichts,
trinkst dir ein Schnäpschen und ein Bier.
Was blöde war, egal – es war nichts.
Ist doch nicht schlecht im Jetzt und Hier!

Die Tür geht auf, die Tür, sie schließt sich,
kommt dieser rein, geht jener raus.
Ist alles gut, und nichts verdrießt dich,
fühlst dich von Glas zu Glas zu Haus.

Gibt nur noch Dasein, keine Zwänge,
der Wirt, er kennt dich und auch nicht.
Gilt kurz, in Deckelrandstrichlänge:
zufrieden sein, ganz ohne Pflicht!

Gut ist

Gut ist, ab der Lebensmitte
unbeirrt mit jedem Schritte,
statt in Wehmut sich zu hüllen,
seinen Tank mit Dank zu füllen.

Denn wer dankbar durch die Welt
wandert, bis der Vorhang fällt,
wird am Ende nicht pathetisch
und bleibt fröhlich, theoretisch.

Ostertrost

Schon *so* viele Leute,
die man irgendwie vermisst,
schon *so* viele Menschen,
die man nicht so schnell vergisst.

Trost von Ostern,
beständiges Licht:
Auch das Verlorene
endet nicht.

Osterzweck

Damit sich Licht ins Dunkel schleicht,
der Stein von unserm Herzen weicht,
die Nacht sich neu in Morgen hüllt,
das Grab in uns mit Trost sich füllt,

damit, wenn mal mein Nachbar fragt,
wo ich denn sei, ihm jemand sagt:
„Such ihn im Leben, bitte sehr!
Was an ihm tot war, ist nicht mehr!“

Beide wir

Ich sehe was, was du nicht siehst,
und ich nicht das, was du.
Wär schön, wenn wir was andres sähn
als Unsres immerzu!

Wenn jeder was vom andern sieht
und seines nicht zu sehr,
sehn du und ich, sehn beide wir
vom Leben noch viel mehr!

GEDICHTEVERZEICHNIS

Weitere Bücher vom Autor:

Liebes- & Hiebesgedichte
Fouqué Verlag, Frankfurt a. M. 1998
107 Seiten, kartoniert
ISBN 3-8267-4151-X

Na also, sprach Zarathustra. Gedichte
Jörn Heller Verlag, Ulm 1999
127 Seiten, kartoniert
ISBN 3-00-004443-4

Feierabendgedichte
Jörn Heller Verlag, Ulm 2000
125 Seiten, kartoniert
ISBN 3-935555-00-8

Frische Verse
Jörn Heller Verlag, Ulm 2003
2. Auflage: Siegen 2016
124 Seiten, kartoniert
ISBN 978-3-935555-11-1

Singelingeling. Junggesellenlyrik
Jörn Heller Verlag, Siegen 2009
128 Seiten, gebunden
ISBN 978-3-935555-03-6

Schluss für heute. Gedichte nach Feierabend
Jörn Heller Verlag, Siegen 2013
2. Auflage: 2015
128 Seiten, kartoniert
ISBN 978-3-935555-04-3

Nur mal so. Gedichte für zwischendurch
Jörn Heller Verlag, Siegen 2015
128 Seiten, kartoniert
ISBN 978-3-935555-06-7

Gute Gedichte und solche, die es gerne wären
Jörn Heller Verlag, Siegen 2016
128 Seiten, kartoniert
ISBN 978-3-935555-12-8